AF599524

Irena ou l’amoureuse imaginaire

Florence Demolis

Irena ou l'amoureuse imaginaire

Conte

LE LYS BLEU
ÉDITIONS

ISBN : 979-10-422-0933-9

« Au commencement du monde, Amour et Folie jouaient à se lancer des piques,

Mais Amour en prit un tel coup,
Qu'il en devint aveugle.
Et pour qu'à l'avenir il puisse se diriger,
Folie fut condamnée à lui servir de guide. »

De cette union naquit Irena dont voici les aventures.

Cette jeune femme souffrait d'un mal bien étrange, inexistant durant l'enfance, il n'affecta en rien son développement, mais compromettait sérieusement sa vie de jeune femme lorsqu'elle tomberait amoureuse.

Cette affection était un sujet tabou, personne n'osait en sa présence évoquer le sujet, pas même les domestiques qui veillaient sur elle depuis ses premiers jours.

Mais il y a des secrets si bien gardés qu'ils en deviennent audibles.

Irena avait conservé cette lettre trouvée dans ses langes sur laquelle étaient inscrits ces vers et souvent se les répétait « et pour qu'à l'avenir il puisse se diriger, Folie fut condamné à lui servir de guide ».

Incitée par ses domestiques à consulter régulièrement les praticiens depuis ses dix-sept ans, elle vit des spécialistes en tout genre.

Les médecins du canton étaient perplexes quant au diagnostic. Lors des consultations, les uns secouaient timidement la tête de gauche à droite pour mieux réfléchir, certains se grattaient discrètement la barbe pour chercher une quelconque inspiration, d'autres lançaient de longs soupirs pour mieux exprimer leur perplexité.

Pourtant, un jour, il y en eut un qui se risqua à un pronostic.

Il annonça à la malade le mal dont elle souffrait et lui dit lors d'une consultation :

— Mademoiselle, après avoir examiné de près vos chromosomes, vos analyses de sang, d'urine, et votre test biophysioclinique, je suis formel, vous souffrez de la maladie d'Amour !

La jeune femme, à la fois perplexe et inquiète, demanda au médecin Friedmund (c'est ainsi qu'il se nommait) :

— Mais, docteur, quelle est cette maladie, est-ce grave ?

— Oui et non, non et oui, enfin… cela dépend des situations. Quant aux symptômes, ils sont difficiles à décrire, mais tant que vous ne tombez pas amoureuse, vous ne courez aucun risque.

Sans bien comprendre le sens des paroles de Friedmund, elle lui demanda :

— Docteur, existe-t-il des remèdes contre cette maladie d'Amour ?

— J'aimerais pouvoir vous dire oui, mais chère enfant, dans l'état actuel de nos connaissances, il n'en existe aucun.

La patiente perdit peu à peu son calme et d'une voix tremblotante insista :

— Mais ce n'est pas possible, il doit bien exister une pilule, un élixir, un philtre, ou que sais-je d'autre contre cette maladie ! Que vais-je devenir ? Ne pourrai-je donc jamais guérir ?

— J'en ai bien peur… rétorqua Friedmund en inclinant la tête de sorte de fuir le regard d'Irena.

Bouleversée par cette nouvelle, Irena rentra chez elle, s'enferma dans sa chambre et y resta recluse six nuits et six jours.

Au matin du septième jour, un oiseau curieux se posa sur le rebord de la fenêtre et de son bec martela les carreaux, la réveillant. Intriguée par cet audacieux visiteur, elle se leva et s'approcha, mais au moment où elle posa les mains sur l'espagnolette, celui-ci prit son envol.

Attendrie par cette visite, un regain de vitalité l'anima et elle sollicita la présence à ses côtés d'Anatolla, sa servante la plus dévouée.

Devant la pâleur de son visage, Anatolla lui prépara un petit déjeuner avec une attention particulière. Elle lui servit une collation sur un plateau d'argent orné d'une rose blanche fraîchement cueillie.

Irena esquissa un sourire de remerciement. Elle prit la tasse, la porta à ses lèvres gourmandes, et tartina le pain d'une fine couche de confiture intense et fruitée.

Plus tard dans la matinée, elle prit un bain et se frictionna avec de l'huile de fleur d'oranger. Les heures passèrent, l'ennui et le désarroi la gagnèrent de nouveau, son corps se fit de plus en plus pesant et ses yeux lourds. Elle s'allongea et s'endormit.

Deux hivers et un printemps passèrent sans qu'Irena n'ait eu de nouveau la moindre envie, comme si l'annonce du diagnostic l'eut plongée dans une profonde mélancolie.

Elle était devenue charmante, au bas du dos, ses cheveux soyeux lui arrivaient et ses lèvres d'une rose avaient l'éclat.

Jusqu'à ce beau matin d'été où Anatolla la trouva allongée sur l'herbe et la dérangea dans ses rêveries pour lui remettre une lettre. Irena la garda en main tout en essayant d'en deviner le contenu. N'y tenant plus, elle l'ouvrit et y trouva un carton d'invitation pour un bal donné par le duc du canton voisin. Ravie, elle vit là un excellent moyen pour chasser son ennui et se divertir.

Le soir venu, elle ne fit pas d'effort particulier pour se vêtir ; elle prit en revanche soin de nouer ses cheveux, et se servit d'un peigne pour fixer son chignon. Deux lui avaient été offerts par sa marraine, comme pour rappeler que la vie se vit en couple. L'un sculpté dans du bronze, et l'autre en or qui signait une silhouette aux lignes souples et sinueuses d'une danseuse enchâssée de rubis. C'est ce dernier qu'elle choisit.

Elle arriva au bal aux bras de son valet Léopold et ne se mélangea pas aux autres invités. Cachée derrière les pilastres, elle observa. Elle leva timidement les yeux et admira les rosaces qui ornaient le plafond. Puis elle posa son regard sur une statuette, figurine élancée qu'un drapé indiscret révélait gracieusement.

Irena se sentit bien et se laissa bercer par la musique. Pour autant, elle n'eut pas envie de danser et cela se vit, personne ne l'invita. Son regard fut bientôt happé par un chant dont les paroles l'émurent, elle voulut connaître ce visage.

Sur la pointe des pieds, elle se dressa, vit un homme vêtu de noir dont le regard perçant l'impressionna. Elle n'osa le regarder plus longtemps. Il y avait comme un désir, un désir telle une rage. Dès lors, elle voulut danser. Le duc en la voyant comprit, il s'avança, lui prit la main et la mena dans la salle où jouait la cithare. La musique la pénétra comme une douce pluie d'été. Elle dansa avec tant de grâce que le poète la remarqua. À la fin de la valse, songeuse, Irena alla s'asseoir en s'assurant que son peigne n'avait pas glissé.

Fatiguée, elle voulut rentrer, elle fit un signe discret à son valet qui comprit aussitôt, salua de loin les convives et s'en alla dans la plus grande discrétion.

Le poète ne l'avait pas quittée des yeux, quand il vit qu'elle partait, il la rattrapa. Arrivé à sa hauteur, il eut tout juste le temps de se présenter.

« Mademoiselle ! Bonsoir, je me présente, comte Avel, poète. Quel plaisir de vous voir valser ! Vous avez la grâce d'une nymphe et la légèreté d'une plume, à vous voir danser toute la nuit je serais resté.

Me feriez-vous le plaisir d'assister au récital que je donnerai prochainement pour les noces du prince de Valsera ? »

Touchée par cette attention, Irena se sentit rougir et pour ne pas laisser voir la gêne sur son visage elle pressa le pas. Dans sa hâte, son peigne glissa et tomba. Le poète s'en aperçut, mais ne dit rien, il attendit qu'Irena monta dans le carrosse pour le ramasser et le porta à ses lèvres.

Sur le chemin du retour, Irena pensait avec délice à cette soirée, le visage et la voix du poète ne la quittaient plus. C'était comme s'il était assis tout près d'elle et elle chuchotait son nom : Comte Avel.

Les jours qui suivirent, Irena se montra impatiente, agitée, irritable et fébrile. Un enthousiasme sans fin la gagnait, elle entreprit quantité d'activités, passait les matinées ensoleillées dans le jardin à tailler les rosiers, montait des heures son cheval préféré, puis s'entraînait avant l'heure du souper à jouer de la vielle.

Ni fatiguée ni affamée, elle se contentait d'un maigre dîner quand elle ne l'oubliait, et s'enfermait dans sa chambre pour étudier jusqu'à tard dans la nuit les vers de grands dramaturges.

Intuitivement, elle avait peur de cette frénésie, mais ne pouvait aller contre.

Bientôt, elle ne dormirait plus, elle aurait mille et un projets, tous plus farfelus les uns que les autres, et ses sens ne tarderaient pas à lui jouer des tours.

Combien de temps encore pouvait-elle s'assurer de leur fidélité ? Comment être sûr qu'ils n'étaient pas déjà en train de se jouer d'elle ?

Irena ne pouvait oublier qu'elle avait été engendrée par une passion destructrice, telle une malédiction, elle ne pourrait aimer sans perdre la raison !

Serait-elle déjà amoureuse de ce poète dont elle ne savait rien ou si peu de chose ? Irena savait bien que l'intensité d'un regard valait bien des discours.

Elle pensa soudainement à son médecin et estima sage d'aller le consulter en espérant trouver aide et réconfort.

Elle s'y rendrait dès le lendemain et le fit savoir à son valet afin que l'attelage fût prêt de bonne heure. Le soir venu, Irena se contenta d'une soupe et alla se coucher peu de temps après.

Elle fut réveillée à l'aube, se leva immédiatement sans attendre qu'on lui porte comme à l'accoutumée le petit déjeuner. Les servantes furent étonnées de la voir dans le grand salon, mais ne posèrent aucune question, pas même Anatolla qui avait vu grandir Irena et qui la connaissait mieux que quiconque. Irena demanda prestement sa collation, puis remonta dans sa chambre afin de se préparer.

Dans la cour, Léopold terminait d'atteler les chevaux quand Irena apparut, sobre et élégante, vêtue d'une robe parme qui soulignait avantageusement les lignes de sa silhouette. Il s'assura qu'elle fut installée confortablement puis lança à vive allure les chevaux.

Durant tout le trajet Irena regardait défiler le paysage, elle humait la brise légère du matin et se laissait caresser le visage par la lumière dorée du soleil. Ses yeux semblaient fixer l'horizon, si distante elle semblait, si absente à elle-même elle était.

La voiture ralentit et Irena comprit qu'ils étaient arrivés. Léopold l'aida à descendre et l'accompagna jusqu'au seuil du cabinet du docteur Friedmund.

Ce dernier avait le nez dans une encyclopédie de psychosensilopathologie et fut surpris d'entendre frapper, car il n'attendait aucun patient. Son étonnement fut encore plus grand lorsqu'il vit Irena sur le pas de la porte, il la salua chaleureusement et la fit entrer.

— Mademoiselle, que cache cette visite ? Vous arrive-t-il quelque chose de fâcheux ?

— Docteur, j'ai besoin de parler, j'ai besoin de votre avis. Je dors très mal depuis quelques jours, je devrais être lasse, mais j'ai au contraire une volonté immense.

— Oh, oh, ça a l'air sérieux ! Reprenons lentement le cours des événements, il y a certainement un élément déclencheur à tout cela, une émotion intense a dû modifier votre humeur.

Irena fit un pas en arrière, timide, ses joues rougirent, hésita avant de parler.

— Eh bien… comment vous dire…

Friedmund la fit asseoir, resta debout, derrière elle.

Il lui posa les mains sur les épaules pour la rassurer et la mettre en confiance.

Irena respira profondément et se lança :

Il y a un peu plus d'une huitaine de jours, je me suis rendue au bal donné par le duc du canton voisin, au cours de la soirée, toute mon attention fut happée par un homme, un poète. Nous n'avons à vrai dire pas eu le temps de faire connaissance, il s'est présenté avant que je ne quitte le bal, il est le Comte Avel. Quand il chante, c'est tout mon corps qui tremble, ses paroles pénètrent comme une pluie fine les pores de ma peau. Il m'a conviée au prochain récital qu'il donnera et cette invitation est la raison de ma présence. Docteur, je ne sais quelle décision prendre et j'attends de votre part de sages conseils.

— Si je lis entre les lignes, vous attendez de moi ma bénédiction pour vous rendre à ce bal. Sachez, ma chère Irena, que je n'en ferai rien ! Je vous rappelle que tout chamboulement émotionnel vous est fortement déconseillé !

— Mais docteur qui parle d'émotion ? Je veux juste…

— Bien sûr, bien sûr… dès que vous parlez de cet homme vos yeux pétillent, vos mots sont ceux du désir, pas besoin d'être médecin pour poser ce pronostic et puisque vous attendez des conseils, je vous mets en garde, ne vous rendez pas à cette soirée !

— J'attendais un peu plus de compréhension de votre part ! Vous me demandez donc de finir ma vie seule, recluse comme une âme en peine, sans jamais connaître les joies de l'amour ! Voilà un bien bel avenir !

— Mais, Irena, d'ici peu j'aurai peut-être trouvé un remède, vous savez combien j'étudie pour cela ! Je suis sûr qu'un jour vous aussi vous pourrez aimer sans risque pour votre santé !

— Docteur, voilà déjà quelques années que vous me promettez un antidote et toujours rien. Nous savons tous les deux qu'il y a de fortes chances pour que vous ne trouviez rien, car comme vous me l'avez expliqué les drogues de la médecine semblent vaines.

— Sachez, Irena, que je garde espoir et vous aussi vous devez être confiante ! Maintenant, rentrez chez vous et surtout suivez mes conseils : ne cherchez pas à revoir ce poète !

Irena sortit du cabinet plus désespérée qu'elle n'y fût entrée et se dirigea vers la calèche. Les paroles du médecin loin de l'avoir réconfortée l'avaient plongée dans un profond désarroi. Léopold lut ce trouble sur son visage et pour la divertir décida d'emprunter la plus belle route, bien qu'elle fût plus longue.

Et en effet, Irena ne resta pas insensible au charme de la forêt d'Eliandre. La beauté, quelle que fût sa nature, l'avait toujours réconfortée.

Irena voulut se dégourdir les jambes et fit donc arrêter la voiture. Léopold lui recommanda de ne pas trop s'éloigner, les bois étaient tellement denses qu'il eut été facile de s'y perdre. Irena lui dit qu'elle suivrait le cours d'eau afin de ne pas s'égarer.

Elle dénoua sa coiffe et laissa ses cheveux jouer avec le vent, mais elle dut redoubler de vigilance, car le chemin était si escarpé qu'elle faillit chuter. C'est ainsi qu'elle remarqua deux adorables oiseaux aux corps verts et aux joues rouges juchés sur une branche. S'approchant d'eux avec une extrême délicatesse, elle les entendit chanter :

« Amourrr, amourrr, je t'aime tant, lala lala lala, amourrr… »

Aussitôt, ils prirent leur envol. Irena se demanda si les symptômes de sa maladie se réveillaient, mais les plumes qu'elle trouva au sol lui prouvèrent que non. Elle remonta le cours d'eau et aperçut Léopold sur l'herbe.

« Mademoiselle, je ne sais si ce sont les doux rayons du soleil ou l'air vivifiant qui illuminent votre teint, toujours est-il que vous êtes radieuse !

— Je pense que cette escapade m'a fait le plus grand bien, humer les effluves des sous-bois, écouter le murmure du ruisseau, des sensations que j'avais presque oubliées. »

Irena ne dit pas un mot de ce qu'il s'était passé dans la forêt. Léopold, content de voir Irena guillerette, ne posa aucune question et ils reprirent la route.

Durant le parcours, Irena prit sa décision. Elle se rendrait au récital. Elle reverrait ce mystérieux poète.

Elle occupa les deux jours qui la séparèrent de cette rencontre à confectionner un costume. Elle en avait une idée exacte et mit beaucoup d'adresse à réaliser cette mousseline de soie rouge brodée de perle et dénudée dans le dos.

L'ouvrage fini, elle mit la robe et demanda à Anatolla son avis. Elle la trouva magnifique et il est vrai qu'elle était belle ! Le rouge rehaussait le joli hâle de sa peau, et donnait à ses yeux noirs brillance et malice.

— Cette tenue n'est-elle pas un peu osée ? Le décolleté n'est-il pas trop audacieux ? questionna Irena inquiète.

— Irena, même si je vous regarde avec les yeux d'une mère, cela fait bien longtemps que vous n'êtes plus une enfant. Vous êtes à présent une femme, et une belle femme ne doit pas craindre de se montrer. Reprenez confiance en vous et vous verrez à quel point votre beauté sera appréciée.

Irena s'approcha si près d'Anatolla que celle-ci n'eut d'autre choix que de la serrer dans ses bras, comme une mère enlacerait son enfant. Anatolla sentit frémir le corps d'Irena, alors pour éviter qu'elle ne fonde en larme, d'une voix flûtée, elle lui dit :

— Mademoiselle, je vous rappelle que le bal est ce soir et qu'il reste encore mille petits détails à régler, votre coiffure, vos bijoux ainsi que les chaussures, vous n'avez plus une minute à perdre. J'ai donné des consignes au personnel, je peux donc, si Mademoiselle le souhaite, l'aider dans ses choix.

— Avec grand plaisir Anatolla ! Vous avez raison, ne perdons pas de temps ! Il est déjà six heures !

Elle ouvrit un placard où étaient rangées une vingtaine de paires de chaussures, toutes plus belles les unes que les autres. Elle en choisit quatre paires, mais hésita réellement entre deux. L'une en dentelle de coton noir ornée d'un nœud, l'autre en satin rouge au bout arrondi, fermée par une boucle à la cheville. Elle essaya d'abord la paire rouge et devant l'enthousiasme d'Anatolla, opta pour celle-ci. Puis longuement, cette dernière brossa les cheveux bruns et bouclés d'Irena pour les relever au sommet de la tête en un chignon piqué d'un œillet rouge. Elle lui présenta un miroir et Irena s'exclama :

« Ces fleurs sont du plus bel effet ! Merci de tout mon cœur !

— Ne me remerciez pas, vous voir avec ce beau sourire est pour moi le plus beau des cadeaux ! À présent je dois vous laisser, le travail m'appelle. Je vous souhaite une très belle soirée et vous dis à demain. J'attendrai que vous réclamiez votre petit déjeuner pour ne pas vous réveiller. »

Irena ne perdit pas de temps, s'assit à sa coiffeuse pour se farder. Elle déposa un peu de poudre sur le haut de ses pommettes, du khôl sur les paupières, ce qui donna davantage de profondeur à son regard et, sur ses lèvres, un baume qui leur apporta une brillance sans pareil. Elle se leva, prit son paletot et descendit les marches jusqu'à la cour.

Léopold brossait les chevaux, et quand il fit demi-tour pour frotter le flanc de l'animal, il fut surpris par la beauté d'Irena.

« Mademoiselle, ne restez pas là, avec toute cette poussière vous allez vous salir ! Montez dans le carrosse ! »

Il lui donna le bras quand elle monta sur le marchepied, régla les derniers détails puis lança l'attelage.

Au croisement de la première ville traversée, la voiture marqua un temps d'arrêt. Irena vit approcher dans la rue une toute jeune femme en haillon qui, sans sonner mot, leva vers elle ses mains sales, jointes et pliées l'une dans l'autre de manière à former un panier. En fouillant dans sa bourse, Irena se piqua à une maille défaite et quand elle tendit à travers la portière la pièce tâchée de sang, la mendiante avait disparu. Troublée, Irena la lâcha à terre.

Elle vit dans ce sordide événement un fâcheux présage.

Par chance, le reste du trajet fut paisible et Irena avait presque oublié ce regrettable incident quand ils arrivèrent au château du prince De Valsera.

De chaque côté de l'allée centrale, des flambeaux invitaient les convives jusqu'au seuil. Irena descendit du carrosse et pénétra à l'intérieur de la demeure. Elle s'avança et aperçut la salle dans laquelle se tenait le bal. Tout n'était qu'opulence et volupté. Les mets les plus fins et les liqueurs les plus raffinées, médaillons de lotte aux agrumes, confits de tomates au fromage frais, beignets de fleur de courgette, vin d'orange, nectar de rose et myrte royal ornaient les tables.

Les jeunes époux dansaient et les artistes jouaient en leur honneur.

Irena n'était pas du tout intimidée, elle se sentait plutôt à l'aise. Elle se faufila parmi les invités pour rejoindre la terrasse, l'air y était plus frais. Elle prit un verre de vin et le but d'une traite. Sans se retourner, elle voulut déposer le verre vide sur une console, mais sa main en heurta une autre et surprise, elle lâcha le cristal. Les conversations cessèrent et elle entendit murmurer :

« Le voleur de souffle… »

Elle se tourna et vit un homme planté devant elle, lui tenant la main, la froideur de son expression lui glaça le sang. Dans la pénombre, elle ne reconnut pas le Comte Avel. Elle s'agenouilla afin de ramasser les débris, l'homme la serra davantage et lui dit :

— N'en faites rien, d'ailleurs ce n'est pas votre faute si ce verre s'est brisé, je n'ai pu éviter votre main. Mais quel vil accueil ! Je manque à toutes les convenances !

D'un geste, il l'invita à se redresser et du bout des lèvres, il lui baisa la main.

— Pour me faire pardonner, laissez-moi vous offrir un autre verre.

Aussitôt il se rendit près du buffet pour prendre deux verres de vin d'orange.

À l'abri des regards, il versa dans l'une des coupes, quelques gouttes d'un puissant somnifère. Puis, retrouvant Irena, il la lui tendit de manière à ce qu'elle ne puisse choisir.

Une impression si étrange se dégageait du Comte Avel, à la fois si distant et si proche, si étranger et si familier qu'Irena eut du mal à reconnaître l'homme qu'elle avait rencontré.

— Accepteriez-vous une danse Irena ? demanda le comte.

Il ne lui laissa pas le temps de répondre, lui prit la main et l'entraîna jusqu'au salon où les convives dansaient. Il l'étreignit si fort qu'elle sentit son souffle sur son visage. Soudain, une inquiétante sensation l'envahit, ses jambes devinrent cotonneuses et de moins en moins la portaient, elle semblait défaillir. Le comte, point surpris de cet état, dans le creux de l'oreille, lui murmura :

— Maintenant, vous êtes à moi.

De la bouche d'Irena, aucune parole ne sortit, elle était comme figée, incapable de réagir.

Le comte l'entraîna à l'extérieur et ils montèrent dans une voiture détalant au triple galop. Irena, malgré la hâte, s'endormit.

Ce n'est que bien plus tard dans la nuit que Léopold s'aperçut de l'absence d'Irena. Après l'avoir sans succès cherchée, il décida néanmoins de rentrer en espérant la trouver dans son lit. Cette disparition ne l'inquiétait pas outre mesure, car Irena était d'humeur changeante et aimait faire à sa guise.

Au petit matin, réveillée par la lumière du jour, Irena scruta la pièce dans laquelle elle se trouvait. Affolée, elle se recroquevilla dans le lit et des images défilèrent dans sa tête.

« Mais oui… dit-elle à voix haute. J'y suis, le bal, le comte Avel, la fuite, mais mon Dieu, où suis-je ? »

N'osant dans un premier temps se lever, elle balaya des yeux la chambre comme pour tous les dangers chassés. Une fois ce bref instant de panique passé, elle se leva et se dirigea vers la porte.

Au même instant, à quelques lieues de là, dans la demeure d'Irena beaucoup moins sereine était l'ambiance et Anatolla commençait à se ronger les sangs. Quand elle vit pour la troisième fois Léopold redescendre de la chambre d'Irena et lui annoncer qu'elle n'était toujours pas rentrée, n'y tenant plus elle l'interpella :

« Léopold, si tu avais été plus attentif, Irena n'aurait pas disparu. À cette heure-ci, Dieu sait où elle se trouve ! L'idée même qu'il lui soit arrivé quelque chose me rend malade ! Jamais, jamais je n'aurais dû la laisser se rendre à cette soirée ! Et moi qui l'ai aidée à choisir ses toilettes ! Diable ! Qu'avons-nous fait ? Je ne pourrais me le pardonner s'il lui arrivait malheur ! »

Léopold tentait vainement de rassurer Anatolla, mais à vrai dire il commençait également à être inquiet. Irena pouvait se montrer fantasque, mais jamais elle n'avait découché.

— Tu sais bien qu'Irena n'est plus une enfant, elle n'a plus de compte à rendre ni à toi ni à moi, de toutes les façons tu ne pouvais la retenir dans ces murs !

Mais Léopold ne put calmer l'inquiétude d'Anatolla ni la sienne d'ailleurs. Alors il lui promit d'informer les services du roi de sa disparition, si demain au lever du jour Irena n'avait donné signe de vie.

Anatolla à demi rassurée acquiesça et repartit à ses tâches. La journée fut interminable, personne n'eut le cœur à l'ouvrage.

Irena était loin d'imaginer la peine que son absence suscitait.

À sa grande surprise, la porte n'était pas fermée, elle l'ouvrit donc et emprunta les longs escaliers en face d'elle.

« Hé ho, y a-t-il quelqu'un ? » lança-t-elle, aucune réponse.

« Vous m'entendez, je descends, j'arrive, répondez-moi ! » et toujours aucun écho. Elle arriva dans un salon et là, elle vit, posé sur la table principale, un petit déjeuner. Tout était semblable à ses habitudes, à croire que son hôte la connaissait depuis toujours.

Après cette collation, elle fit une longue promenade dans le parc attenant à la propriété. Aussi étrange que cela puisse paraître, elle n'était plus le moins du monde inquiète, elle trouvait même la situation amusante, se retrouver dans une demeure inconnue sans croiser personne et où tout indiquait pourtant qu'elle y était attendue. Mais elle était loin d'imaginer le sort qui lui était réservé.

Dans l'après-midi, une découverte vint troubler son apparente tranquillité. Elle voulut prendre de nouveau l'air dans le jardin, mais cette fois-ci alla plus loin. Quelle ne fut pas sa surprise de comprendre que le parc était bâti de bois coupé, d'allées entrelacées, de chemins tortueux à perte de vue…

De peur de ne pouvoir en sortir, elle décida de revenir sur ses pas, resta là, immobile, les yeux pleins d'effroi, comme trop certaine d'avoir compris. Compris qu'il serait impossible de sortir de cette demeure. Cette pensée lui glaça le sang et l'assurance, sur son visage, laissa place à une profonde inquiétude.

Ce même jardin empli d'effluves enivrants qui lui flattaient les sens n'était à présent plus que lèpre verte.

Elle n'avait d'autre choix que de regagner la demeure où elle était prisonnière. Elle monta les marches quatre à quatre et se réfugia dans cette chambre qui lui servait de geôle. Elle s'allongea sur le lit et de grosses larmes roulèrent sur son visage pâle.

Soudain, des pas sourds et lents résonnèrent sur le sol, Irena sécha ses larmes et ne sut pas s'il fallut se réjouir de cette présence ou s'en inquiéter.

Les pas s'arrêtèrent net sur le seuil de la chambre, marquèrent une pause puis l'homme entra.

Il s'approcha de la fenêtre, tournant ainsi le dos à Irena qui était toujours sur le lit.

« Irena… »

Irena reconnut cette voix forte et suave à la fois. Aucun doute, c'était celle du comte Avel, c'était donc lui qui la retenait prisonnière. Elle se redressa et regarda l'homme de dos.

« Irena… »

La lenteur et l'accent lointain des paroles du comte forçaient à l'écoute.

— Vous êtes ici chez vous, contre votre gré, mais vous êtes ici chez vous. Vous seule pouvez me sauver. Tout cela doit vous paraître étrange, mais peu importe. J'étais un homme comblé, ambitieux et passionné par les lettres. J'ai fait jadis le vœu d'être un illustre poète, je n'ai été que trop bien entendu ! J'ai écrit des vers, des rimes, des proses, heureux de réenchanter le monde avec mes mots. Je me suis produit dans les plus grands théâtres, devant les plus grands de ce monde. Mais hélas ! Aujourd'hui je suis réduit à animer les mariages des seigneurs, à amuser leurs infants lors de leurs anniversaires ou à distraire les richissimes femmes du royaume qui s'ennuient. Bien bas suis-je tombé !

Pas un matin sans que de nouveau l'espoir d'écrire ne me traverse, pas une nuit sans chagrin de voir mourir cet espoir. Ainsi s'alternent les jours et les nuits et je ne sais dire lequel est le plus cruel, le matin qui m'offre une nouvelle promesse ou la nuit qui me la reprend. La vérité, Irena, c'est que l'inspiration me fuit, ce souffle créateur s'éloigne, se dérobe, il m'abandonne. Cela fait déjà deux ans que je n'ai plus rien créé. Je ne retrouverai l'inspiration qu'auprès d'une femme amoureuse.

Le comte Avel regarda avec insistance Irena, sur qui il posa un œil inquisiteur.

Je ne peux vous l'expliquer, mais je sais que vous êtes cette femme, la seule qui puisse à nouveau me faire écrire.

À entendre le récit du comte, Irena ne sut si elle devait se réjouir ou s'inquiéter. Elle fut à la fois touchée par cet homme qui ne semblait craindre ni Dieu ni homme et inquiète, car la force de lui résister, elle ne l'avait pas.

— Mais pourquoi moi ? lança-t-elle.

— Parce que vous seule êtes capable d'un amour pur, entier et passionnel. Vous incarnez l'amour, vos lèvres attendent d'être embrassées, votre peau d'être caressée, la plus infime partie de votre corps est une invitation au plaisir et à la volupté. Je sais qu'en vivant à vos côtés, votre amour me permettra d'écrire, enfin les mots surgiront de ma plume, et l'on parlera à nouveau de moi comme d'un génie !

— Mais qui vous dit que je vous aimerais de cet amour dont vous parlez ?

— Qui me dit que vous m'aimerez ? Ha, ha, ha, mais vous m'aimez déjà ! Vos yeux ne sauraient mentir ! Dès ce premier soir au bal où vous avez croisé mon regard, j'ai su, oui, j'ai su que vous tomberiez amoureuse de moi. Sachez que beaucoup de femmes se sont éprises de moi, mais je me suis intéressé à peu d'entre elles. À la longue, les femmes sont ennuyeuses, elles songent à leur sécurité, leur confort, rares sont celles qui cultivent leur esprit et leur liberté ! Je ne me trompe jamais Irena, vous êtes celle que je cherche, et vous m'aimez déjà.

— Vous vous trompez, je ne vous aime pas, comment pourrais-je aimer quelqu'un qui me garde prisonnière ! Certes j'avoue avoir été troublée par vos charmes, mais on ne peut appeler cette sensation de l'amour. L'amour c'est autre chose ! C'est sentir son corps vibrer en présence de l'autre, c'est être animé d'une force qui vous irradie, c'est trouver en l'autre cette moitié qui vous manque. Ce sentiment ne saurait se confondre avec le trouble que j'ai éprouvé à votre égard.

— Je n'en serais pas aussi sûr que vous. Tomber amoureux n'est-ce pas déjà cet état que vous décrivez, cette confusion des sens…

— Ne jouez pas sur les mots !

— Jouer avec les mots, ha, ha, ha, c'est à peu près la seule chose que je sache faire !

Le comte s'approcha d'elle, son regard la domina et il lui dit d'un ton à la fois ferme et suave :

— Osez me dire à présent que vous êtes ici par hasard ! Et que sur moi vos yeux ne se sont jamais posés.

Le temps de répondre, il ne lui laissa pas, et sur ses lèvres il déposa un baiser ardent. Irena n'eut ni l'envie ni la volonté de résister à cette sensuelle brutalité, à cette vertueuse perversité.

« Hum ! Absolument exquis, ce baiser ! Je me sens déjà beaucoup mieux ! Je pense que d'ici quelques jours je pourrai reprendre ma plume. Ah, Irena ! C'est fabuleux, je me sens déjà revivre à vos côtés ! »

— Mais je n'ai aucune envie de rester ici à vos côtés, j'ai une vie, des amis, une famille qui m'attendent ! J'ai besoin d'eux comme ils ont besoin de moi, vous ne pouvez me garder ici, d'ailleurs les miens doivent être inquiets à l'heure qu'il est et ils ne tarderont pas à lancer des recherches.

— Des amis, une famille… mensonge, Irena. Vous et moi savons fort bien que vous êtes seule, sans parent ni ami. Votre seule famille, ce sont ces deux domestiques qui veillent sur vous depuis votre tendre enfance. Une vie, fabulation, pure affabulation, Irena ! Rester dans votre demeure à étudier des textes anciens, à vous émerveiller devant l'éclat d'une rose, ou cueillir les fruits de votre verger, oh oui, ça c'est une vie, Irena ! La mort n'en serait pas moins ennuyeuse !

— Je ne vous permets pas de me juger ! Et vous, de quoi votre vie est-elle faite ? De nostalgie, d'un temps où vous existiez à travers des mots, d'un secret espoir de rencontrer l'amour, non vraiment votre vie ne vaut pas mieux que la mienne !

— Ah, Irena, vous êtes encore plus belle quand vous êtes énervée, vos yeux noircissent et l'excès de susceptibilité vous rend encore plus désirable !

Sur ces mots, le comte saisit le bras d'Irena de manière à la redresser et l'embrassa fougueusement.

— Ce soir, je viendrai vous chercher au soleil couchant, passez la robe noire qui est dans l'armoire, je l'ai fait faire à vos mesures.

Le comte partit et Irena se retrouva seule, ne sachant plus que penser.

Tout paraissait si détestable chez cet homme, son excès de confiance, son arrogance, et pourtant, jamais, aux yeux d'Irena, un homme n'avait été plus attirant. Sa noble prestance, son esprit, et cette fureur dans son regard forçaient l'admiration.

Irena ne savait plus à présent, si elle souhaitait ou redoutait sa présence.

Au soleil couchant, accompagné de son cocher, le comte vint chercher Irena.

La robe noire donnait à son expression un caractère mystérieux, et à sa beauté froideur. Ceci n'était pas pour déplaire au comte qui aimait chez les femmes ce côté obscur et secret.

Il l'invita à monter et donna quelques indications au cocher avant le départ. Bien évidemment, le comte voulut garder le secret et ne rien dévoiler à Irena sur l'itinéraire de cette promenade nocturne.

Durant le trajet le comte se montra bavard, mais ses propos étaient très communs, il relatait ses souvenirs de jeunesse et parvint même à faire rire

Irena. Ces deux-là paraissaient être des complices de longue date, de cette même connivence qui lie de vieux camarades.

Le cocher interrompit cette ambiance enjouée pour leur signifier qu'ils étaient arrivés. Irena reconnut immédiatement la forêt d'Eliandre.

— Comment saviez-vous pour la forêt ?

— J'ai de très bonnes intuitions, Irena. À présent, passons aux choses sérieuses, j'ai pris soin de nous faire préparer quelques provisions, accompagnées d'un vin italien.

Le comte prit Irena par le bras et la conduisit près d'une roche qui donnait l'impression d'avoir été taillée telle une banquette.

Ils prirent place, goûtèrent le vin, et ils burent sans doute un peu plus que de raison. Douce ivresse qui fit lâcher prise.

Tout souriait au comte, le lieu si envoûtant, les mets exquis et le vin capiteux. Irena semblait succomber à son charme. Mais le comte prit soudain une expression grave et lui demanda :

— Qu'est-ce qui vous rend triste ?

Irena sembla désemparée tant le ton de la question dénotait avec l'ambiance légère. Elle regarda le comte et lui répondit :

— Plus rien ne me rend triste. Pour être triste, il faut espérer, souhaiter, désirer. Or je ne désire plus rien, de peur de me perdre.

— Je ne crois pas un mot de ce que vous dîtes, vous êtes faite pour l'amour ! Seulement, vous avez peur, car votre amour est si puissant qu'il a raison de tout, alors vous tentez de vous préserver, vous vous mentez.

Elle ne le savait que trop bien et déjà en elle une émotion naissait.

Le comte sentit ce léger désordre et proposa à Irena de rentrer, celle-ci acquiesça.

En marchant jusqu'au sentier qui les ramenait à la voiture, Irena sentit soudain comme une aiguille lui piquer le sommet du crâne. Elle leva la tête vers le ciel et reconnut les deux oiseaux qu'elle avait déjà croisés dans cette même forêt. D'un coup de bec, l'un d'eux avait arraché une mèche de cheveux et ils continuèrent aussitôt leur vol, filant comme deux voleurs.

Irena se massa le crâne pour faire passer la douleur et accéléra le pas pour rejoindre la voiture.

Le cocher, patiemment, les attendait. L'attelage se mit en route et le retour se fit dans un silence pesant.

Arrivé au château, le comte laissa Irena monter dans sa chambre sans lui dire un mot, reclus dans son mystère, il avait l'air absent.

Irena, quant à elle, semblait confuse et ses émotions jetaient le trouble dans ses convictions premières.

Après tout, pourquoi résister ? Pourquoi ne pas suivre ses intuitions ? Se demandait Irena. Le comte ne lui voulait aucun mal, il l'avait jusqu'à présent bien soignée et veillait à ce qu'elle ne manquât de rien. Il souhaitait se faire aimer, quel mal y a-t-il à cela ? N'est-ce pas le désir de chacun d'entre nous : aimer et être aimé ? Au fond d'elle-même, Irena savait pourquoi le comte avait jeté sur elle son dévolu. Son amour si puissant, seul capable de prodige.

Presque malgré elle, le charme opérait déjà.

Irena ne se sentait plus tout à fait la même, elle se sentait faillir et prête à jouer le jeu. Ni les conseils du cher docteur Friedmund ni ses précédentes mésaventures ne semblaient suffisants pour rompre ce qu'elle vivait.

Paisible fut la nuit. Légère s'endormit Irena, plus aucune force contraire ne venait la déchirer, elle était de nouveau disposée pour l'amour, elle qui l'avait si souvent repoussé.

Au petit matin, le comte vint lui porter le petit déjeuner et c'est avec un sourire bienveillant qu'Irena l'accueillit.

— Si nous allions faire une promenade à cheval, je possède un palefroi d'une grande beauté que vous pourrez monter, ainsi je vous ferai découvrir mon domaine, qu'en dites-vous Irena ?

— Bonne idée, accordez-moi le temps de m'habiller et je vous rejoins dans la cour.

À ces paroles, le comte quitta Irena et demanda aux garçons d'écurie de s'occuper des chevaux.

Pendant ce temps, Anatolla et Léopold se renvoyaient la responsabilité de la disparition de leur protégée.

La vieille femme reprochait au valet d'avoir conduit Irena au bal et ce dernier se défendait en lui rappelant qu'elle l'avait à sa manière, elle aussi encouragée à aller à ce bal, en l'habillant et en la complimentant.

— Tu es aussi coupable que moi, Anatolla ! Toi aussi tu te réjouissais de voir la petite souriante et prête à goûter aux plaisirs de la vie comme le font toutes les jeunes filles de son âge !

— Tu as raison, Léopold. J'étais si heureuse de voir à nouveau son visage s'illuminer, oh, Léopold… qu'allons-nous faire ?

Et la vieille dame éclata en sanglot, Léopold plus vexé que fâché la prit dans ses bras.

— Écoute-moi Anatolla, sèche tes larmes et arrêtons de nous quereller. Gardons notre énergie pour retrouver Irena. Je vais aller prévenir les services du roi de sa disparition. Lui a des moyens que nous n'avons pas. C'est un homme bon et juste, qui se préoccupe de ses administrés, je suis sûr qu'il m'entendra.

Anatolla sécha ses larmes et lui dit :

— Tu as raison, nous avons été stupides, ni toi, ni moi, ne sommes responsables de cette situation. Joignons-nous plutôt que de nous déchirer, ainsi plus de chance nous aurons de retrouver notre petite.

Léopold passa sa main sur la joue d'Anatolla pour sécher les dernières larmes.

— Si tu n'y vois pas d'inconvénient, je partirai le plus vite possible, le domaine du roi se trouve au moins à vingt lieues d'ici, j'y arriverai ainsi avant la nuit tombée.

— Bien sûr, bien sûr, plus vite le roi sera averti, plus vite il pourra lancer ses hommes à sa recherche !

Anatolla fut maintenant gênée d'avoir fait preuve de faiblesse et pour chasser cette confusion encore lisible sur son visage, elle ouvrit la fenêtre et respira profondément.

C'est alors que deux oiseaux virevoltèrent autour de l'espagnolette.

Ils y entortillèrent une longue mèche de cheveux sous les yeux étonnés d'Anatolla, puis en signe de mission accomplie, ils échangèrent un coup de bec et reprirent leur vol.

« Ça alors ! » lança Anatolla.

Elle s'employa méticuleusement à dénouer la mèche de cheveux et l'examina attentivement.

J'en suis sûre ! C'est elle ! Léopold, Léopold ! s'écria-t-elle.

Celui-ci était déjà affairé à atteler les chevaux dans la cour principale et ne l'entendit pas. Anatolla descendit aussi vite qu'elle put, arriva dans la cour et se précipita vers Léopold.

Essoufflée, elle lui dit :

Ah ! Dieu soit loué, tu n'es pas encore parti ! Irena est vivante, elle a besoin de nous ! J'ai reçu un message, il faut faire vite avant qu'il ne lui arrive malheur !

— Calme-toi ! Mais enfin de quel message parles-tu ?

— Cela peut paraître incroyable, mais il faut me croire. Deux oiseaux sont venus déposer devant la fenêtre une mèche de cheveux d'Irena. Le message ne peut pas être plus clair, notre petite est vivante et a besoin de nous !

— Mais comment peux-tu être aussi certaine que ce sont les cheveux d'Irena ?

Anatolla tenait dans sa main la mèche et la mit sous les yeux de Léopold.

— Ces cheveux, vois-tu, je les brosse et les coiffe depuis son plus jeune âge, bruns comme la fève de cacao, bouclés et doux comme une peau de pêche, je les reconnaîtrais entre mille !

À ses mots, Anatolla écarquilla les yeux, étonnée elle-même de l'idée de génie qu'elle avait eue.

— Attends-moi un instant, demanda-t-elle, puis elle s'empressa de regagner la demeure.

Elle en sortit aussi vite qu'elle y était entrée, et tenait dans une main le peigne qu'Irena portait si souvent pour soulever son épaisse chevelure.

Je n'ai pas trouvé celui que je cherchais, mais peu importe, celui-ci fera aussi bien l'affaire et le temps presse ! Voilà notre seule chance Léopold ! Je te prie de m'écouter sérieusement et de faire ce que je vais te demander. C'est la mèche de cheveux déposée par ces deux oiseaux qui m'a mise sur la piste.

— Mais enfin ! Explique-toi Anatolla, tous ces mystères finissent par m'exaspérer !

— Oui, oui, c'est ce que je tente de faire, mais tu ne cesses de me couper la parole ! Je reprends : je veux te faire comprendre que cette mèche n'a pas été déposée par hasard ! Ne me demande pas comment ces deux oiseaux y sont parvenus, je n'en sais rien ! Ce que je sais c'est que ces anges venus du ciel veulent nous délivrer un message : Irena est encore en vie, mais retenue prisonnière quelque part. C'est là que j'interviens : seul ce peigne peut relever la chevelure d'Irena. Telle une chaussure qui ne va qu'à un seul pied ou un anneau à un seul doigt, ce peigne n'a qu'une seule tête, c'est celle d'Irena ! Une fois que tu seras chez le roi, confie-le-lui, qu'il fasse fouiller le pays de la remise au grenier à la recherche de la jeune fille qui fera dans ses cheveux tenir ce peigne. Chaque masure, chaque manoir doit être exploré, inspecté, examiné, afin que toutes les demoiselles du pays aient l'opportunité de se coiffer de ce peigne. Si Irena est vivante, elle ne pourra se soustraire à cette injonction, c'est notre seule chance de la retrouver !

— Ton idée est un peu farfelue, euh…, mais après tout elle en vaut bien une autre !

— Une autre, quelle autre ? Dois-je te rappeler que nous n'en avons pas d'autres ? Fais-moi confiance, mon intuition ne m'a jamais trompée, nous retrouverons ainsi Irena ! À présent, ne perds pas de temps ! Sois convaincant auprès du roi, de sa détermination dépend notre succès !

— Ne t'inquiète pas ! Je saurai me montrer persuasif !

Léopold rangea le peigne dans la poche intérieure de sa veste, vérifia l'attelage une dernière fois, fit ses adieux à Anatolla puis prit la route.

Arrivé chez le roi, Léopold n'eut pas besoin de le convaincre de lancer ses hommes à la recherche d'Irena. Le souverain était épris de justice et de compassion, il comprit le désarroi de Léopold et lui promit (bien que l'idée du peigne lui parût saugrenue) qu'une partie de sa cavalerie partirait dès le lendemain à la recherche de la disparue.

Léopold ne voulut pas abuser de l'hospitalité du roi et repartit dans la nuit. Il avait, de plus, hâte de partager cette nouvelle avec Anatolla.

Non loin de là, Irena ne se doutait pas de l'agitation qu'elle déclenchait.

Elle ne cherchait plus du tout à résister au comte, sa compagnie lui était devenue même agréable. Les jours où celui-ci ne lui rendait pas visite piquaient son orgueil et la seule pensée qu'elle lui fût devenue indifférente la plongeait dans une profonde tristesse.

Ce pouvoir n'avait nullement échappé à l'habile manipulateur qu'était le comte. Celui-ci s'était mis à organiser très méthodiquement ses visites. Lorsqu'il sentait Irena se rapprocher, il les espaçait afin de créer une dépendance.

Le comte était devenu bien plus qu'un lien avec l'extérieur.

Bien que recluse, il redonnait à Irena, peu à peu, goût à la vie. Ses gestes les plus triviaux lui semblaient magnifiés. Il aimait lui répéter que dans sa vie, la médiocrité n'avait pas de place, que son talent l'avait éloigné de ses contemporains si communs et ordinaires, que seule une femme comme Irena fut digne de partager la vie d'un homme aussi brillant.

Un soir, lors d'une visite surprise, le comte vint partager un vin exquis avec Irena. Celle-ci l'espérait et ne put dissimuler un léger sourire de contentement à la vue du comte.

Il l'invita à le rejoindre dans le jardin afin de profiter de la chaleur crépusculaire. Après avoir bu un verre de ce délicieux vin, Irena prit davantage confiance et fit une demande qui vint flatter le comte.

— Avel, permettez-vous que je vous appelle ainsi ?

— Certainement, répondit le comte.

— Avel, j'ai quelque chose à vous demander.

— Mais demandez, belle enfant !

— Je souhaiterais lire vos recueils de poésie, car après tout c'est votre envie d'écrire qui me retient ici.

— C'est avec un vrai plaisir que je vous remettrai mes recueils et pour gage de ma bonne foi voici la clé de la bibliothèque.

Irena prit la clé que lui tendit le comte et la glissa dans le revers de sa robe.

La suite de la soirée fut douce et agréable.

Irena prétexta cependant une légère fatigue pour rentrer plus tôt. Elle était en réalité très excitée à l'idée de lire les écrits du comte.

Elle ne put s'empêcher de faire un détour par la bibliothèque avant de rejoindre sa chambre. Elle glissa la clé dans la serrure et s'ouvrit devant elle une salle voûtée et creusée dans la pierre qui abritait des quantités de manuscrits.

Irena en prit une pile, à vrai dire autant que ses bras pouvaient en porter, puis se hâta de regagner sa chambre pour en commencer la lecture. Elle se plongea dans ces recueils avec enthousiasme, et ses paupières ne se fermèrent d'épuisement qu'à l'aurore.

Les jours suivants, Irena les occupait toujours de la même manière, lire, lire et lire. Si tôt avait-elle fini une série qu'elle se pressait d'aller en chercher une autre dans la bibliothèque. Elle ne passait d'ailleurs son temps, plus qu'entre cette pièce et sa chambre, allant parfois jusqu'à oublier de se nourrir.

Les mots du comte la faisaient voyager bien au-delà de ce qu'elle aurait pu imaginer, elle se sentait hantée par les images et bercée par le rythme des verts. Exaltée par les émotions, enivrée par le verbe, elle se sentait dépossédée d'elle-même.

Quant au comte, celui-ci se sentait plus serein et clairvoyant que jamais. Ses idées plus nombreuses et plus riches étaient. À écrire, il passait à présent ses journées.

Un matin, alors qu'Irena ouvrait à peine les yeux, il entra en grande hâte dans la chambre, tenant d'une main un bouquet et de l'autre des brioches à la fleur d'oranger encore chaudes. Il déposa les fleurs et les brioches sur le lit et ouvrit les fenêtres :

— Irena, quel bonheur ! Enfin j'écris de nouveau ! Et ce, grâce à vous !

Il s'assit sur le lit et avala goulûment des morceaux de brioche et entre deux bouchées, il lui dit :

— Je passerai vous chercher dans l'après-midi, nous irons dans le village voisin, près de la rivière de Loumpédie, un site charmant où nous pourrons nous rafraîchir et nous détendre. À présent je vous laisse, j'ai du travail !

Il l'embrassa sur le front, se leva et sortit en lui tournant le dos, c'est à cet instant qu'Irena comprit qu'elle succombait à son charme. Son être tout entier frémissait, dans son esprit des idées s'entremêlaient, une grande excitation la gagnait. Elle s'était quelque peu amaigrie ces derniers jours, et son sommeil n'était plus aussi réparateur ; pour autant elle ne ressentait pas le moindre signe de fatigue.

En début d'après-midi comme promis, le comte vint la chercher. Ils montèrent dans une calèche ornée de guirlande de jasmin, lui s'installa à l'avant, sur le siège surélevé et prit les rennes.

Après avoir parcouru cinq lieues environ, la jolie rivière de Loumpédie s'offrit à eux.

Le comte déposa une couverture sur le sol à l'ombre d'un saule et invita Irena à s'asseoir.

Il avait dans sa poche une feuille et une plume. Il resta là, à demi assis, les yeux rivés sur sa belle captive et sans mot dire il se mit à écrire, à écrire et à écrire encore. Irena commença à se languir, ni la sérénité du lieu ni l'extrême bienveillance du comte n'y faisaient.

Agitée, comme enivrée, à gémir, elle commença. De bourdonnements et de sifflements dans les oreilles elle se plaignit, puis comme si on voulut l'enchaîner elle se débattit. Devant ces gémissements déchirants, le comte tenta de lui apporter réconfort, mais rien ne semblait la calmer. Il décida donc de se rendre dans le village voisin où il connaissait un herboriste d'une grande compétence, capable de composer des remèdes contre bien des maux.

Il promit à Irena de faire aussi vite que possible, contrarié de la laisser seule, mais il n'avait d'autre choix.

Sur ce, il détacha un cheval de l'attelage et partit au galop.

Quelle ne fut pas sa surprise devant l'herboristerie de voir se presser autant de jeunes filles ! Il passa devant ces demoiselles en prétextant une extrême urgence, une question de vie ou de mort pour se frayer un chemin.

Il pénétra enfin dans l'échoppe non sans mal, le guérisseur qui le reconnut, l'invita d'un signe de tête à se présenter au comptoir.

— Mais que se passe-t-il ? Une nouvelle épidémie sévit-elle ? demanda le comte.

— Non, pas du tout ! Toute cette effervescence est due à une annonce du roi. Figurez-vous qu'il a lancé des hommes à la recherche d'une jeune femme disparue.

— Mais quel rapport avec toutes celles devant votre boutique ?

— Dans l'annonce lue par le garde champêtre, il est dit que seule la jeune femme recherchée est capable de faire tenir dans ses cheveux un peigne. Cette jeune femme est sans doute retenue prisonnière et le roi a ordonné que tout le royaume soit fouillé. Toutes les jeunes filles du pays se sont bien sûr mis en tête que celle à qui ira ce peigne épousera le roi. Il faut dire que celui-ci est encore jeune, bel homme et célibataire !

À la seule évocation du peigne, le comte pensa immédiatement à Irena et se rappela le premier soir où il l'avait rencontrée et où elle avait perdu le sien.

Ne voulant pas montrer son inquiétude, il se reprit et dit :

— Si on ne leur bourrait pas la tête dès le plus jeune âge avec toutes ces niaiseries et ces histoires de prince charmant, elles ne seraient pas aussi naïves !

— Entièrement d'accord avec vous, comte Avel ! Et moi avec toutes ces histoires, regardez dans quel embarras je me trouve ! Elles viennent des quatre coins du royaume pour des traitements capillaires. Certaines veulent se désépaissir les cheveux, d'autres les rendre plus épais, d'autres les friser, d'autres encore les rendre plus fins, certaines les boucler, tout cela dans l'unique espoir de faire tenir dans leur chevelure ce peigne ! Elles sont toutes devenues folles, vous dis-je avec cette histoire !

À ce même moment, une femme accompagnée de sa fille en pleurs entra dans la boutique, en bousculant tout le monde et en injuriant l'apothicaire de tous les noms d'oiseaux.

— Regardez ce que vous avez fait à ma fille, espèce de charlatan ! Elle a dans la nuit perdu tous ses cheveux à cause de votre breuvage maléfique ! Cela devait soi-disant les fortifier, elle qui avait de si jolis cheveux ! Il ne lui reste à présent qu'une mèche au sommet du crâne ! Escroc, vaurien, voleur ! À cause de vous ma fille n'a plus aucune chance de faire tenir le peigne ! Hour, hour ! Je vais vous les arracher un à un, puis je vous crèverai les yeux, vieille fripouille !

Le comte s'interposa et tenta de calmer sa fureur, il réussit non sans mal à la faire sortir de la boutique. Sa fille morte de honte la pria, dans un dernier sanglot de partir. Face au désarroi de celle-ci, la mère la prit par le bras et elles quittèrent les lieux.

— C’est comme cela tous les jours depuis l’annonce du roi, je vous le dis, elles sont toutes devenues folles ! Elles veulent obtenir de moi des miracles ! Mais j’oubliais avec toute cette agitation… de quoi avez-vous besoin : concentration, inspiration, création, comme d’habitude ?

— Non, pas du tout, je voudrais un remède contre la neurasthénie, demanda le comte.

Le vieil apothicaire savait qu’il ne fallait pas se montrer curieux et était d’une grande discrétion, il lui donna sans tarder une poignée de valériane, deux de passiflore et quelques feuilles de télamite, en lui indiquant avec grande précision le temps d’infusion. Le comte les mit dans une bourse et le tout dans sa poche, puis demanda :

— Savez-vous quand est-ce que les hommes du roi seront là ?

— Dans moins de deux jours, en attendant je vais devoir répondre aux caprices de ces dames !

Le comte était contrarié, mais n’en fit rien transparaître. Il remercia l’apothicaire, lui glissa dans la main une pièce d’or et se dépêcha de rejoindre sa monture.

C’était sûr, pensa-t-il, la jeune femme recherchée ne pouvait être qu’Irena. Il fallait dès à présent qu’il se montre beaucoup plus prudent, fini les promenades à l'extérieur du château, Irena ne devait plus quitter le domaine.

Quand il revint sur le lieu où il l'avait laissée, il la trouva recroquevillée et endormie. Il s'assit près d'elle et déposa sa tête sur ses cuisses de façon à pouvoir caresser ses cheveux.

Il récita alors quelques vers :

Cheveux bleus, pavillon de ténèbres tendues,
Vous me rendez l'azur du ciel immense et rond ;
Sur les bords duvetés de vos mèches tordues
Je m'enivre ardemment des senteurs confondues
De l'huile de coco, du musc et du goudron.
Longtemps ! Toujours ! Ma main dans ta crinière lourde
Sèmera le rubis, la perle et le saphir,
Afin qu'à mon désir tu ne sois jamais sourde !
N'es-tu pas l'oasis où je rêve, et la gourde
Où je hume à longs traits le vin du souvenir ?[1]

À ces mots, Irena se réveilla d'un sommeil aussi profond qu'une nuit, il lui chuchota alors à l'oreille qu'il fallait rentrer et la porta jusqu'à la calèche.

Il ne lui dit mot, évidemment, de ce qu'il avait appris.

Ils arrivèrent au château tout juste avant la nuit.

---

[1] La chevelure in, les Fleurs du mal, Charles Baudelaire, Flammarion, Paris, 1964, p.53

Irena n'eut pas grand appétit pour le dîner, pressée de se retirer dans sa chambre. Le comte insista pour qu'elle bût l'infusion qu'il lui avait préparée. Il respecta rigoureusement la posologie indiquée par l'apothicaire et s'assura qu'Irena n'en laissa pas une goutte. Aussitôt bu, elle regagna sa chambre, s'allongea sur son lit, mais n'eut pas la force pour ouvrir un nouveau recueil.

Des heures passèrent, les yeux dans le vide, elle restait.

Mais, dans l'air, un crépitement vint troubler cette tranquillité.

Devant les rectangles blafards des fenêtres, une étrange scène se déroulait : sans tête ni corps passait une chevelure déroulant avec grâce des nattes. Lui succéda une boule tuméfiée d'un œil, et l'on aurait juré voir la face congestionnée d'un lutteur. Des spectres minuscules s'allongèrent soudain en visages effrayés d'enfants dont les bouches à trop s'ouvrir se déchirèrent. Effrayée Irena poussa des cris comme pour se réveiller d'un horrible cauchemar. Alerté, le comte laissa son ouvrage et se précipita dans la chambre d'Irena.

« Chhht ! Entendez-vous ? demanda-t-elle au comte.

— Quoi donc ?

— Une voix, une petite voix qui court autour de nous depuis quelques minutes.

— Et que dit-elle ? s'amusa à demander le comte.

— Je ne sais pas… J'ai d'abord cru à une souris dans le mur et puis ça s'est rapproché… ce sont comme des syllabes ânonnées…

— Là ! Entendez-vous ? Êtes-vous sourd ?

— Irena, notre promenade vous aura sans doute fatiguée, et votre imagination vous joue des tours. Tâchez à présent de vous reposer, n'ayez rien à craindre, je veillerai sur vous toute la nuit. »

Le comte dut reconnaître que les effets de la tisane n'étaient pas ceux escomptés, mais se rassura, en supposant qu'une seule prise ne fut sans doute pas suffisante pour apaiser Irena.

Il se dit qu'il recommencerait dès le lendemain matin. Il était tellement heureux d'avoir retrouvé son souffle créateur auprès d'Irena qu'il voulait la garder le plus longtemps près de lui.

Il resta là, toute la nuit à la veiller, savourant sa future gloire, bientôt tous les puissants, les éclairés et les esthètes ne parleront plus que de son infini talent. À cette idée, il lui vint un sourire aux lèvres.

Mais pour cela, il devait se montrer extrêmement prudent, à cette heure-ci les hommes du roi ne devaient plus être très loin de Loumpédie et ils ne tarderaient pas à être ici.

Il devait trouver un endroit sûr, un endroit où personne n'eut l'idée que l'on pût y cacher une jeune femme. Il devait faire vite…

Et en effet, cela faisait déjà quelques heures que les soldats du roi passaient en revue toutes les demeures de Loumpédie à la recherche de celle qui dans ses cheveux fera tenir ce peigne.

Toutes les femmes, excepté les très jeunes et les plus vieilles, furent dans l'obligation de se coiffer de cette pince.

À vrai dire, les hommes du roi n'eurent aucun mal pour les trouver, ils n'eurent même pas à les chercher, car toutes accouraient pour tenter leur chance.

Mais, entre celles dont les cheveux trop fins faisaient glisser le peigne, celles dont les cheveux trop épais ne le laissaient pas tenir, et celles dont les cheveux trop longs ou trop courts rendaient impossible le maintien d'un chignon ; aucune femme ne parvint à se coiffer, et ce malgré les trois villes, douze villages, et vingt-trois hameaux traversés.

Il ne restait à présent plus qu'à visiter le château du comte qui se trouvait sur la route d'Ebrenelle.

Le comte était de plus en plus nerveux, se demandant toujours où il pourrait cacher Irena, il eut beau examiner chaque recoin, nul endroit ne faisait l'affaire. De plus, son état de santé s'était dégradé, et ce n'était pas une tisane qui la guérirait !

Elle restait cloîtrée dans sa chambre, allongée sur son lit, entourée des poèmes du comte. Quand elle n'était pas victime de violentes hallucinations, elle sombrait dans une profonde indifférence, dans une paresse extrême, incapable de faire quoi que ce soit. Seule la présence du comte semblait lui apporter un peu de réconfort.

Mais ce qui inquiétait véritablement celui-ci c'était la peur de voir son inspiration disparaître de nouveau. Cet élan créateur, il le devait à Irena et il craignait plus de le perdre lui, qu'elle. Tous deux étaient liés, et si Irena venait à disparaître, c'est tout le génie du comte qui disparaîtrait avec elle.

Pour l'instant, il fallait la cacher, et à force de tourner la question dans tous les sens, il eut une idée.

« Mais oui, bien sûr, comment n'y ai-je pas pensé plus tôt ! Je n'ai pas besoin de cacher Irena, si je lui coupe les cheveux, le problème est résolu ! Ce vieil apothicaire m'a bien expliqué que les hommes du roi étaient à la recherche de la jeune femme qui serait capable de faire tenir dans ses cheveux un peigne, si Irena n'a plus suffisamment de cheveux, jamais ce peigne ne tiendra ! Ah, je suis lumineux ! J'ai la solution ! »

Il se mit en quête d'une paire de ciseaux et monta dans la chambre d'Irena.

Seul un rayon de soleil trouait la pénombre.

Au fond de la pièce, on distinguait tout un fouillis d'objets, comme un fatras de linges amoncelés en piles croulantes et surmontés par intervalles, de brosses et de bijoux cassés. Sur la gauche, près du point de lumière, était assise Irena à même le sol.

Le comte s'approcha d'elle, elle ne semblait pas le voir, il démêla sa belle chevelure, lui fit deux nattes puis prit les ciseaux et les coupa.

Irena, plongée dans une telle mélancolie, ne réagit pas, pas même quand elle vit ses cheveux tombés au sol, à croire que ce corps ne lui appartenait plus.

Le comte ramassa les cheveux, les mit dans une bourse, quand il entendit un bruit dans la cour.

Il descendit avec précipitation le sac à la main pour voir ce qu'il se passait. Quelle ne fut pas sa surprise de voir les hommes de la troupe royale !

— Le roi vous salue, comte Avel. Je suis ici sur ses ordres à la recherche d'une jeune femme qui se nomme Irena, elle seule est susceptible de faire tenir dans ses cheveux le peigne en bronze que je tiens dans les mains. Si une personne de sexe féminin se trouve dans votre demeure, je me verrai dans l'obligation de lui faire essayer ce peigne.

— Il y a en effet ma jeune sœur que j'ai recueillie, car elle est souffrante, mais je crains qu'elle ne corresponde au profil recherché.

Au moment même où il prononça ces paroles, le comte lâcha la bourse contenant les cheveux d'Irena devant l'écurie.

— Je dois cependant exécuter les ordres du roi et présenter ce peigne à votre sœur, ainsi que fouiller votre demeure.

— Faites messieurs, je ne saurais aller contre la volonté du roi.

Les hommes se dispersèrent alors, certains fouillèrent les extérieurs, d'autres les cuisines, les salons, les remises, jusqu'à ce qu'ils arrivèrent à la chambre d'Irena.

— Pourquoi cette chambre est-elle fermée ?

— C'est la chambre de ma sœur, je la tiens fermée pour la protéger, car elle est parfois délirante et elle pourrait se mettre en danger.

— Ouvrez cette porte !

Le comte prit la clé qu'il cachait toujours dans la poche de sa veste et ouvrit.

À la vue de cette femme qui gisait sur le sol, le soldat-chef eut un mouvement de recul. Elle paraissait avoir dix de plus tant son corps décharné, ses traits tirés et ses cheveux courts la vieillissaient. Elle chuchotait des mots, sur un même ton monocorde, une sorte de crissement articulé, et ne semblait même pas voir qu'elle avait de la visite. L'homme du roi ne voulut pas davantage la déranger et fit signe au comte qu'ils pouvaient quitter la pièce. Il ne prit pas la peine de lui faire porter le peigne, estimant d'avance l'échec.

— Mais de quel mal souffre donc votre sœur ?

— Je ne sais pas, je pensais qu'elle était juste un peu neurasthénique, mais son état s'est aggravé ces derniers jours.

— Vous feriez mieux de l'emmener chez un médecin !

— Oui, dès votre départ.

Le reste de la troupe se rassembla dans la cour, et s'apprêtait à partir quand le soldat-chef demanda un service au comte.

— Comte Avel, nous avons fait une longue route, nos chevaux ont soif, pourraient-ils profiter des abreuvoirs de l'écurie que j'aperçois ?

— Certainement, répondit le comte.

Les hommes firent boire leurs bêtes et au moment de monter son cheval, le soldat-chef ne s'aperçut pas que le peigne qui se trouvait dans sa poche glissa.

Celui-ci tomba dans la bourse qui contenait les cheveux d'Irena, une mèche s'enroula autour du peigne, tel un fil de laine sur une pelote.

La troupe se mit en route, le comte Avel, prudent, attendit de les voir s'éloigner pour récupérer ce qu'il avait fait tomber.

Alors qu'il s'apprêtait à faire demi-tour, il fut presque déséquilibré par la course folle du matou de la demeure. Celui-ci était lancé après un oiseau, qui venait de s'envoler avec dans son bec la bourse.

— Allez au diable, sales bestioles ! s'écria le comte. Et ce piaf de mauvais augure ! Qu'il les prenne ces cheveux ! Bon débarras !

Ce mystérieux oiseau continuait son vol derrière les hommes du roi et les suivit jusqu'au château.

Le roi revenait de sa promenade quotidienne, accompagné de ses fidèles compagnons, deux vieux labradors. Il était à présent dans la cour lorsqu'il entendit ses hommes, il fit demi-tour pour les accueillir.

Le chef de la troupe descendit de cheval, salua le roi avant de faire son rapport.

— Ce plan n'a donc pas fonctionné, dit le seigneur. Il faut avouer qu'il était pour le moins farfelu. Pauvre jeune femme ! Dieu seul sait où elle peut être.

À peine avait-il terminé sa phrase que le colibri lâcha à ses pieds, la bourse, et alla se poser en toute confiance, sur le dos de l'un des labradors.

Qu'est-ce que cela ? Le roi s'agenouilla et la ramassa.

Tiens donc le peigne ! Et qu'est-ce… des cheveux ? Hum… ils sont brillants et doux comme de la soie. À son contact, le roi éprouva une agréable sensation et un bref instant s'égara.

Il revint à lui et s'adressa au soldat-chef : mais ne vous avais-je pas confié ce peigne ? Comment diable cet oiseau a-t-il bien pu le déposer ? Que veut dire cette histoire ?

Le cavalier embarrassé se risqua à quelques explications.

— Euh… comment vous dire… par mégarde, j'ai pu le perdre et ce drôle d'oiseau, tel un pigeon voyageur vous l'a rapporté.

— Pigeon voyageur ! Vous ne manquez pas d'air ! Je suis furieux, car vous avez failli à votre mission !

— Mais majesté, si vous permettez, je vous assure que j'ai respecté à la lettre vos consignes ! Pour preuve, je l'avais lors de notre dernière visite chez le comte Avel.

— Le comte Avel ! Ce capricieux et vaniteux comte Avel, et qui avez-vous bien pu trouver chez cet homme ? À part à lui-même, cet homme ne s'intéresse à personne !

— Détrompez-vous mon seigneur, il était en compagnie de sa sœur et semblait très préoccupé par l'état de santé de celle-ci. Pour l'avoir vue, elle était terriblement souffrante. Je n'ai même pas osé lui faire passer le peigne, hum… d'ailleurs, elle avait les cheveux courts comme un garçon.

À ces mots, le regard du roi se posa sur la mèche qu'il tenait encore à la main, puis sur le peigne, et telle une girouette, ses yeux allaient et venaient entre ces deux indices.

— Bon sang ! Je viens de comprendre ! Mais bien sûr, c'est elle ! Vite, qu'on selle ma monture, il n'y a plus un instant à perdre ! Retournons chez le comte Avel et nous trouverons Irena !

Ils parcoururent les trois lieues qui les séparaient du comte à la vitesse de l'éclair.

Le comte ne les entendit pas arriver. Il était installé studieusement à son bureau, griffonnant quelques mots sur une feuille, lorsqu'il entendit :

— Sur les ordres du roi, ouvrez-nous !

Il se hâta à la fenêtre, vit la troupe royale et descendit précipitamment pour les accueillir.

— Comte Avel, que puis-je faire pour votre majesté ?

— Tout me laisse à penser que vous retenez ici une jeune femme portée disparue, Irena, propriétaire du domaine du vallon d'or ! Alors, laissez-nous entrer ! s'exclama le roi.

Pris au piège, le comte réalisa qu'il n'avait d'autre choix que de s'exécuter. D'un signe de main, il leur montra l'entrée.

— Suivez-moi, majesté, dit le chef, c'est au deuxième étage, la chambre dont les volets sont fermés.

Ils n'eurent pas à forcer la porte, le comte ne l'avait pas refermée.

Le roi entra en premier et à la vue de ce corps recroquevillé, il ne put réfréner sa compassion :

— Mon Dieu ! Je vais vous sortir de là.

Il s'approcha d'elle, s'agenouilla et la prit dans ses bras. À cet instant même, le roi sentit une chaleur lui parcourir le corps et Irena tomba dans un profond sommeil.

Imprimé en Allemagne
Achevé d'imprimer en octobre 2023
Dépôt légal : octobre 2023

Pour

Le Lys Bleu Éditions
40, rue du Louvre
75001 Paris

www.ingramcontent.com/pod-product-compliance
Lightning Source LLC
Chambersburg PA
CBHW062348010826
49168CB00024B/306
9791042209339